...... on voit des monstres dans les plus belles contrées de la terre... Beaumont, arch. de Paris, en parlant de Damiens. N.B. du 3 avril 1757.

Grande et conspicuum nostro tempore monstrum.

Juv. S. IV.

Il n'est point de serpent, ni de monstre odieux,
Qui par l'art imité ne puisse plaire aux yeux.

Boileau, a.p.

VIE DE DÉRUES,

Exécuté à Paris en Place de Grève, le 6 Mai 1777.

A force de forfaits, il étoit parvenu
A la tranquillité que donne la vertu.

A PARIS,

Chez tous les Libraires qui vendent des Nouveautés.

1777.

Par le savant et aimable auteur de la charmante épître au cu de Manon, des pleurs de Jérémie &c. &c.

Il me l'a donné le 5. août 1777.

Il a vu plusieurs fois le héros de la Salpêtrière, au cachot, au moins après la question.

VIE DE DÉRUES,

Exécuté à Paris en Place de Grève, le 6 Mai 1777.

ON diroit que la Providence, pour instruire les hommes & les avertir de leur faiblesse, lorsqu'elle les abandonne à eux-mêmes, permet quelquefois qu'il paraisse sur la scene du Monde de ces grands criminels qui le frappent d'épouvante. *Antoine-François Dérues*, ci-devant Marchand Epicier & retiré ensuite du Commerce, sera mis par la postérité au nombre de ces scélérats effrayans dont la mémoire se conservera autant que l'on aura horreur du crime ; jamais *Cartouche*, *Nivet*, *Chabert*, (*a*) tous ces monstres, l'opprobre de l'humanité, qui ont péri sur l'échafaud, ne réunirent dans leur scélératesse tant d'atrocité & de profondeur. Peres de famille, que cette histoire, qui fait frémir, soit sans cesse dans vos mains & sous les yeux de vos enfans. Il n'en faut point douter : si les parens de *Derues* avoient jetté un œil attentif sur ses inclinations naissantes, ils auroient découvert & peut-être étouffé le germe monstrueux qui promettoit le criminel, si l'on peut parler ainsi, le plus infernal.

Ce misérable est natif de Chartres en Beauce. Il sembloit que les deux sexes voulussent également le rejetter de leur classe, car dans sa tendre jeunesse, il avoit été élevé comme une fille ; des remedes qu'on lui administra, lui procurèrent, à

(*a*) Chabert est ce monstre qui a été roué à la place Dauphine, pour avoir assassiné son pere.

la douzieme année, le caractère diſtinctif du sèxe maſculin ; cette eſpece d'avorton, que la nature paraiſſoit déſavouer, épouſa la fille d'un Bourlier de Melun, qu'on nomme *Marie-Louiſe Nicolaïs* ou *Nicolaës*. Il a laiſſé de ce mariage deux enfans, un garçon & une fille, qui ſortent à peine du berceau. Il doit le jour à une famille honnête, connue depuis long-tems dans le Commerce. Si l'on veut avoir une idée de ce *Dérues*, il faut ſe repréſenter la plus faible conſtitution, une très-petite ſtature, un viſage pâle, délicat & maigre, le rire, diſoit une femme de beaucoup d'eſprit, *d'une bête carnaciere*, la perfidie même ſur ſa bouche, en un mot tout ce qui annonce un fourbe, qui, convaincu de la faibleſſe de ſes organes, & craignant d'expoſer ſa vie en commetant le crime à main armée, a recours à l'artifice & à la trahiſon. Ses traits peu prononcés ne ſe faiſoient point d'abord remarquer : mais ſes yeux ronds, creux & perçans, trahiſſoient, en quelque ſorte, toute la perverſité de ſon ame. C'étoit un tigre ruſé auquel manque là force du lyon. Il parloit d'un ton affectueux, & se paroit dans ses gestes comme dans ses expressions, de la candeur & de la simplicité. De son aveu, il sçavoit se pénétrer du caractere des diverses personnes qui l'approchoient. Lorsqu'il étoit Epicier, il contrefaisoit, disoit-il, l'homme du peuple avec le Crocheteur qui venoit lui demander de l'eau-de-vie, & l'honnête bourgeois avec le Négociant que les relations du Commerce amenoient chez lui; il s'étoit sur-tout fortement attaché à se couvrir du masque hypocrite de la fausse dévotion, toujours entouré de livres de Prieres, ne parlant que de la Religion & de Dieu, & osant, par un abus des plus sacrileges, participer souvent à nos saints Mysteres. (*b*) *Dérues*, comme il est aisé de le voir,

---

(*b*) Lorsque le jeune *de la Motte* fit sa premiere Communion, *Dérues* approcha avec lui de la Sainte Table, disant qu'en partageant en quelque sorte la Communion de ce jeune homme, ce seroit pour lui une source de graces.

s'étoit fait un plan combiné de forfaits ; la soif insatiable des richesses le dévoroit, & dans son systême, tout lui étoit permis pour arriver à la fortune ; c'étoit son unique objet ; il avoit fait l'essai de sa cupidité par trois banqueroutes consécutives, qui toutes trois avoient paru naître de malheureuses circonstances : une fois, il avoit mis lui-même le feu à son Magasin d'Epicerie, & ses Créanciers s'étoient montrés les premiers à le plaindre, & à lui offrir des secours. Il excitoit d'autant plus leur sensibilité qu'on ne pouvoit, ce qu'il répétoit souvent, lui reprocher aucun des vices qui dégradent la plûpart des hommes, le jeu, le vin & les femmes. Il avoit renoncé aux détails de son Commerce, & occupoit un appartement assez étendu, dans une maison, rue Beaubourg. Il paraît qu'il avoit mis l'usure au nombre des moyens de s'enrichir. Une infinité de témoins ont déposé qu'il achetoit des Procès,* des Maisons, des Terres, faisoit, en un mot, ce qu'on appelle des *affaires*, & toujours sous ce

* Il étoit fort lié avec la fameuse [illegible], les [illegible], les cordeliers, les [illegible], et les [illegible].

maintien d'honnête-homme, déguisement qui sçait si bien en imposer !

Nous arrivons à l'époque où *Derues* va mettre en jeu tous les ressorts de son ame *vraiment diabolique ;* le hazard, qui sembloit servir ses exécrables projets, lui fait, en 1775, lier connaissance avec M. *Saint-Faus de la Motte*, Ecuyer, lequel possédoit une Terre seigneuriale, connue sous le nom de *Buisson-Soëf*, près de *Villeneuve-le-Roi-lès-Sens*. Ce Citoyen estimé passoit la plus grande partie de l'année dans cette Campagne, avec sa femme & un fils unique, de quinze à seize ans. *Derues* s'insinue dans l'intimité du possesseur & de son épouse, prodigue des caresses à l'enfant, & parvient non-seulement à se concilier leur amitié, mais il inspire les mêmes sentimens d'estime & de confiance à tous ceux qui composoient la société de M. & de Madame *de la Motte* ; il n'y avoit pas jusqu'aux Ecclésiastiques qu'il ne séduisît, & qui ne fissent l'éloge de cet hypocrite détestable*; ils le citoient comme un modele

* Il étoit cordicole et même humericole : cette dernière confrérie de la plaie de l'épaule, ou 6e plaie, est établie chez les Carmes-Billettes, avec [illegible] [illegible]. . . .

de piété ! *Derues* oppoſoit la pudeur de la modeſtie à ces louanges, & il ne perdoit point de vue ſa proie. Tous ſes regards, toute ſon ame s'attachoit ſur un bien qu'il brûloit d'envahir. Il amene M. *de la Motte* au point de vouloir ſe défaire de ſa Terre ; un Acheteur ſe préſente, & c'eſt *Dérues.* Il ſe paſſe un acte ſous ſeing privé ; on convient que le paiement de cent trente mille livres ſe feroit vers le milieu de 1776. A cette époque l'Acquéreur eſt dans l'impoſſibilité de payer ; cette impuiſſance s'étend généralement ſur toutes ſes affaires. Preſſé enfin de tous côtés par ſes Créanciers, où ce miſérable, avec ſa famille, vient-il ſe réfugier ? Chez M. & Madame *de la Motte*, à la Terre de *Buiſſon-Soëf* ; on les y comble de bontés ; ils y vivent aux dépens de leurs Bienfaiteurs depuis la Pentecôte de la même année juſques vers la fin de Novembre.

Dérues cependant ne payoit point : il part pour Paris, en ſuppoſant un recouvrement de ſommes conſidérables, qui devoient lui rentrer de la liquidation de la ſucceſſion d'un ſieur *Deſpeignes-Dupleſſis* (*c*), parent de l'épouſe de *Derues*, & aſſaſſiné il y a cinq ou ſix ans dans ſon château près de Beauvais.# L'affaire traînoit en longueur ; M. *de la Motte* fonde enfin ſa femme de procuration : elle ſe rend à Montreau avec ſon fils, & arrive à Paris le 16 Décembre.

M. *de la Motte* avoit prévenu *Derues* ſur le voyage de ſon épouſe. Ce dernier va à ſa rencontre, au Port Saint Paul, & offre à la Dame *de la Motte* un logement dans ſa maiſon. Y auroit-il des preſſentimens qui ſeroient la voix du Ciel ? Cette Dame s'obſtinoit, ſans trop en ſavoir la cauſe, à rejetter tous les témoignages d'amitié du perfide : elle étoit décidée à prendre une chambre dans

---

(*c*) *Derues* eſt ſoupçonné violemment d'avoir été meurtrier de ce M. *Deſpeignes Dupleſſis*. Il eſt vraiſemblable qu'on n'arrive pas à des crimes ſi énormes, ſans s'être familiariſé avec d'autres forfaits. Nemo repente fuit turpissimus — a dit un grave moraliste païen, qui vaut Nicole pour la sévérité.

J'ai trouvé à l'auteur qu'il se trompe : la femme Derues n'était point parente de ce [illegible]

un hôtel garni, où elle étoit déja descendue plusieurs fois; par une fatalité inconcevable, cette chambre se trouve occupée, ainsi que d'autres appartemens que la Dame *de la Motte* alla voir dans d'autres hôtels. Enfin sa funeste destinée l'emporte: elle a le malheur de céder à l'invitation du scélérat. Le jeune homme suit sa mere à la maison de *Derues*, & n'en sortit que le 14 Janvier 1777, pour être conduit dans une Pension rue de *l'Homme-armé*, près l'Hôtel de *Soubise*. Toutes les conjectures portent à croire que *Derues*, dès le 16 Décembre, s'étoit rempli de son abominable projet, puisqu'à cette époque il avoit loué la cave, rue de la *Mortellerie*.

La santé de la mere & du fils dépérissoit (*d*) à vue d'œil. La Dame *de la Motte* croit qu'une médecine lui est nécessaire:

(*d*) Il y a tout lieu d'imaginer que *Derues* avoit fait l'essai de ses poisons sur ces deux infortunés.

[illegible] pourquoi Dérues l'épousa. cette créature sortie de la lie du peuple, est fille d'un bourrelier de Melun. On assure qu'elle avoit été [illegible]

elle consulte à ce sujet *Derues*, qui, en sa qualité d'Epicier-Droguiste, tranche du pharmacopole, & s'offre à préparer cette médecine; c'est le 31 Janvier, à 6 heures du matin, qu'elle est administrée, par les mains d'une Domestique, à l'infortunée Madame *de la Motte*, qui expire le soir même, ou dans la nuit. La Servante, une heure après avoir donné la médecine, avoit eu ordre, de la part de *Derues*, d'aller à la campagne, d'où elle ne devoit être de retour que le 3 de Février; il avoit eu soin d'écarter tout ce qui auroit pu déposer contre lui.

Jusqu'à ce moment Madame *de la Motte* avoit écrit à son mari que *Derues* la combloit d'attentions, qu'il lui avoit fait une réception on ne peut pas plus obligeante, qu'en un mot, elle ne savoit comment lui témoigner sa reconnaissance. Quel hôte! quel bienfaiteur! *Derues* se garde bien de divulger la mort de sa victime: il observe le plus profond secret. Il court acheter une malle de cuir, y met le cadavre, & va se débarrasser de cet

dépenser au vieux Duplessis. horrible

horrible fardeau chez un Menuisier qui demeuroit près le Louvre : il arrange une fable, confie à ce Menuisier qu'il va faire un voyage de deux jours, & qu'il reviendra prendre cette malle : en effet, le terme des deux jours n'étoit pas expiré, qu'il reparaît, la retire, & la transporte à la cave de la rue de la Mortellerie, qu'il avoit louée sous le nom de *Ducoudrai.* Il s'étoit annoncé comme un Marchand de Province : il avoit prétendu que cette malle renfermoit des vins fins, & même il en avoit donné deux bouteilles à la femme dont il tenoit la cave.

M. *de la Motte* commençoit à se livrer à des inquiétudes : il recevoit presque tous les jours des nouvelles de son épouse, & tout-à-coup ce commerce épistolaire s'étoit trouvé interrompu. Il ne savoit que penser d'un pareil silence.

Derues, fidele à sa trame horrible, avoit déja jetté les yeux sur une autre victime. Il court à la Pension du jeune *de la Motte*, lui apprend que sa mere est partie pour Verſailles, que même elle devoit lui écrire, & que ſur cette lettre il iroit la rejoindre. Le jeune homme reſte dans cette attente juſqu'au 11 Février. Il s'impatiente; il ne reçoit aucune nouvelle. *Derues* va le calmer, en lui annonçant que Madame *de la Motte* vient de lui écrire, & qu'elle demande *ſon cher enfant.* Il le retire de ſa Penſion ſous prétexte *de lui faire paſſer le Mardi-Gras agréablement* (ce ſont ſes expreſſions). Il emmene en effet le jeune *de la Motte*, lui procure les plaiſirs du Carnaval, & le lendemain, Mercredi des Cendres, il lui déclare qu'il va le conduire à Verſailles pour voir ſa mere ; il ajoute qu'avant ce départ, il faut ſe munir d'un bon déjeûner. *Derues* fait ſervir une ample taſſe de chocolat au jeune *de la Motte.* Les voilà dans le carroſſe de voiture : à peine deſcendus à l'hôtellerie de la *Fleur-de-lys*, il prend un vomiſſement conſidérable au jeune homme. Le Maître de l'Auberge eſt effrayé ; on craint que ce ne ſoit un ſymptôme de la petite-vérole : il engage

Derues à transporter son malade ailleurs. Ce premier s'adresse vainement à plusieurs hôtelleries : il trouve une petite chambre garnie chez un Tonnelier près de la rue de l'Orangerie, & se hâte de la louer. Il prend le nom de *Beaupré*, & se dit l'oncle du jeune homme : il venoit à Versailles pour le placer dans quelque Bureau : sa mere devoit arriver incessamment, & solliciter en faveur de son fils. La maladie augmente ; d'affreux vomissemens se succedent ; *Derues*, qui se connaissoit si bien en médecine, parle d'en donner une. Le Tonnelier propose d'appeller un Médecin ou Chirurgien, *Derues* rejette bien loin la proposition : il se déclare pour un adepte dans ces deux Arts, & ajoute avec attendrissement, *qu'il se garderoit bien de confier les jours d'un neveu si cher à quelque ignorant Médecin ou Chirurgien, qui le tueroit infailliblement. Je veux*, poursuit-il, *en prendre soin moi-même.* Le Tonnelier se recrioit d'admiration sur le bon cœur de l'oncle, & plaignoit le neveu.

Ce dernier, d'une voix défaillante, demande à voir sa mere. Le Tonnelier, à l'instigation de *Derues*, & croyant le mensonge officieux, répond *que sa mere est arrivée à Versailles, & qu'elle va dans peu l'embrasser.* Le malade touche à l'agonie; on n'a que le temps de lui donner l'Extrême-Onction. Le Prêtre qui l'exhortoit à son dernier soupir, lui dit de se recommander à Dieu, & de demander pardon à son oncle des torts qu'il a pu avoir avec lui. On a remarqué qu'à ce mot d'oncle le jeune homme avoit remué la tête & voulu parler; enfin il expire. *Derues*, au pied du lit, versoit un torrent de larmes, récitoit tout haut, avec ferveur les Prieres des Agonisans, se joignoit aux exhortations du Prêtre, & montroit une douleur si grande que le Tonnelier cherchoit à le consoler. Il a cependant la force d'ensevelir lui-même ce cher neveu, *pour remplir*, disoit-il, *sa promesse* (e). Il dit ensuite, en pleurant

---

(e) *Derues* prétendoit que le jeune homme,

encore plus amérement : *hélas ! j'aimois ce cher enfant comme mon propre fils ! faut-il que la débauche l'ait tué !* Il apprend au Tonnelier que ſon *neveu* étoit attaqué d'une maladie vénérienne. Il veut même découvrir le cadavre pour lui en montrer des ſignes. Le Tonnelier détourne la tête, & plaint le ſort de la jeuneſſe qui ſe livre au libertinage, & s'expoſe à une pareille fin. *Derues* appuie ſon impoſture, en jettant avec répugnance de petits paquets qu'il avoit trouvés dans les poches du défunt, & qui étoient, diſoit-il, des drogues propres à l'infame maladie qui venoit de le plonger au tombeau.

---

avant que d'expirer, lui avoit dit : *mon cher petit papa, je vous en prie, que ce ſoit vous qui m'enſeveliſſiez !* Un des talens de ce ſcélérat, étoit de ſavoir enſevelir les morts. Qu'on ſe repréſente ce monſtre aux pieds du lit de ce malheureux jeune homme qu'il venoit d'empoiſonner, fondant en larmes, & récitant des prieres ! c'eſt bien à de parcils traits qu'on peut ſe recrier ſur la profondeur effrayante de l'abîme du cœur humain.

Cet abominable hypocrite charge le Tonnelier des ſoins du convoi : l'acte mortuaire ſe délivre ſous le nom de *Beaupré né à Commerci. Derues* pouſſe ſon incroyable fourberie jusqu'à diſtribuer de l'argent aux pauvres. Il fait même dire des Meſſes pour le repos de l'ame du jeune homme, qui fut inhumé à la Paroiſſe de Saint Louis de Verſailles : l'*oncle* n'avoit point voulu aſſiſter à l'enterrement, tant ſa douleur étoit vive ! Le Tonnelier pleuroit avec lui ; & le plaignoit peut-être encore plus que le malheureux qui venoit de lui être enlevé.

Cet homme affreux n'avoit pas pouſſé le crime aſſez loin : il revient vîte à Paris, muni de l'acte mortuaire, trouve à ſa maiſon pluſieurs de ſes amis, leur dît qu'une affaire preſſante l'avoit appellé à Chartres, qu'elle étoit terminée à ſa ſatisfaction, & qu'il étoit charmé de ſe réjouir avec eux. Il ſe livre en effet à une joie effrénée, chante force chanſons des plus gaies. Cette ame ſcélérate s'enivroit du plaiſir d'avoir conſommé ſes forfaits. Qu'es-tu donc, nature humaine, lorſqu'un Dieu ſe retire de toi ?

M. *de la Motte* ne diſſimuloit plus ſes alarmes, il étoit agité par des rêves affreux : il voyoit ſa femme entourée de périls, égorgée avec ſon fils par *Derues* lui-même, qui s'étoit offert à ſes yeux armé de deux poignards. Il veut partir pour Paris : *Derues* ſe montre à ſes yeux : il lui apprend que tout eſt arrangé avec la Dame ſon épouſe par un nouvel acte ſous ſeing-privé, qui annulloit les conventions précédentes. Il ajoute avoir compté à Madame *de la Motte* la ſomme de cent mille livres. En un mot, il déclare à M. *de la Motte*, qu'au moyen d'une reconnaiſſance que lui a délivrée ſa femme, la Terre de *Buiſſon-Soef* eſt devenue ſa légitime poſſeſſion ; d'ailleurs, Madame *de la Motte* & ſon fils jouiſſoient de la meilleure ſanté ; ils étoient préſentement à Verſailles ; la Dame y traitoit de l'acquiſition d'une Charge auſſi honorable que lucrative : elle avoit gardé là-deſſus le ſecret, parce qu'elle vouloit cauſer une ſurpriſe agréable à ſon mari. Son fils l'avoit ſuivi dans ce voyage : elle étoit dans l'intention de le faire entrer aux Pages : elle avoit reconnu qu'il étoit peu propre à l'étude. Voilà, à-peu-près, les propos dont *Derues* ſe ſervoit pour rétablir le calme dans l'ame d'un époux & d'un pere également alarmés.

Mais il ne s'en tenoit pas à ces vaines paroles : il avoit eu l'art de faire écrire pluſieurs lettres de Paris à M. *de la Motte*, qui toutes avoient ſa femme pour objet : les unes annonçoient qu'elle ſe portoit bien, & qu'elle étoit de retour de Verſailles : les autres, qu'elle y faiſoit un nouveau voyage. L'épais bandeau s'éclairciſſoit. M. *de la Motte* ne ſauroit repouſſer une crainte ſecrette qui augmentoit. Il revoyoit toujours *Derues* avec ſes deux poignards. La voix du malheur lui crie. Il ne ſait même pourquoi la préſence de *Derues* l'importune, & le fatigue. Tous les jours il lui fait voir une froideur qui détermine enfin le ſcélérat à quitter la Terre de *Buiſſon-Soef*.

A peine arrivé à Paris, *Derues* part

comme un éclair pour Lyon, prend un nom supposé, fait passer une procuration chez un Notaire, qu'il signe ou fait signer par une personne qui lui étoit dévouée : c'est à cette occasion qu'on prétend qu'il se déguisa en femme (*f*). Cette signature portoit le nom de la Dame *de la Motte*. La procuration autorisoit son mari à répéter les arrérages de trente mille livres restantes à payer sur l'acquisition. Ce papier est mis sous enveloppe & adressé à un Ecclésiastique *de Villeneuve-le-Roi-lès-Sens*, pour être rendu au sieur *de la Motte*, qui est d'autant plus frappé de cet envoi, qu'il n'avoit reçu aucune lettre d'avis. Alors le malheureux M. *de la Motte* ne peut plus résister à ses soupçons, aux tourmens

(*f*) *Derues*, dans sa confrontation avec le Notaire de Lyon, fut habillé en femme pour faciliter les moyens de reconnaissance. Ce scélérat redisoit dans sa prison à ceux qui lui parloient : *lorsque je me suis vu ainsi travesti, je me suis mis à rire comme un fou.* Quel sang-froid dans l'horreur du crime !

qui le déchirent : il veut voir abſolument ſa femme, ſon enfant : il vole à Paris.

L'auteur de tant de forſaits & d'abominations avoit tendu tous ſes rez, comme l'araignée diſtribue avec adreſſe l'emploi des fils qui compoſent ſa toile : il avoit ſu ſemer des bruits qui groſſiſſoient à chaque inſtant. On jettoit des nuages ſur la réputation de la Dame *de la Motte* : on la repréſentoit à la ſuite d'un raviſſeur favoriſé : on diſoit même qu'elle avoit emmené ſon fils. Par une ſingularité du haſard, ou plutôt c'étoit un Dieu vengeur qui déterminoit cette circonſtance remarquable, M. *de la Motte* deſcend dans une Auberge, rue de la *Mortellerie*, près de la cave qui receloit le cadavre de ſa femme. Enfin, il la demande, ainſi que ſon fils, dans cette ville : nulle réponſe, nul ſuccès dans ſes perquiſitions. Il implore le ſecours de la Juſtice. *Derues*, à ſon retour de Lyon, ſera forcé de s'expliquer : que repondra-t'il ? Sa fable eſt déja arrangée ! Il dira qu'il avoit vu Madame *de la Motte* à

Verſailles, qu'il l'a trouvée devant la grille du château, s'entretenant avec un homme d'un certain âge, & qui paraiſſoit être dans ſon intimité. Il ajoutera que c'étoit à ſa requiſition qu'il s'étoit chargé de lui amener ſon fils. Il ſe plaindra qu'elle lui avoit fait un mauvais accueil, fâchée même qu'il eût accompagné le jeune homme. Enſuite il aura reçu une lettre de Lyon, par laquelle la Dame *de la Motte* lui demandoit des nouvelles de ſon mari; auſſi-tôt, au lieu de répondre, il aura couru à Lyon; cette Dame ſe ſera trouvée effectivement dans cette ville, elle lui aura paſſé ſa procuration chez un Notaire; enſuite elle aura diſparu ſans qu'il pût ſavoir ce qu'elle étoit devenue; las d'avoir fait de vaines recherches, il aura repris enfin le chemin de la Capitale.

Ce roman ſi compliqué, n'en impoſe point à M. *de la Motte*. Il a recours à M. le Lieutenant Général de Police. Ce Magiſtrat éclairé, porte toute ſon attention ſur cette affaire. Il donne des ordres précis

& charge de la conduite & de l'exécution M. le Commiſſaire *Mutel*, dont il connaît le zele & l'intelligence. Celui-ci, digne de la confiance du Magiſtrat, ſe tranſporte chez *Derues*, n'y trouve que ſa femme, fait une perquiſition détaillée, & n'en peut recueillir aucune découverte ſur le ſort de la Dame *de la Motte* & de ſon fils. La femme *Derues* eſt interrogée, l'énigme ſubſiſtoit toujours. *Derues* reparaît enfin ; il a l'audace de ſe préſenter, accompagné de ſon Procureur, chez M. le Lieutenant Général de Police, pour faire entendre des plaintes. Il prétend que la perquiſition faite dans ſa maiſon eſt une eſpece d'attentat contre le droit de bourgeois domicilié. En un mot c'étoit *Derues* qui ſe juſtifioit, & M. *de la Motte*, ſelon lui, étoit le coupable. Le Magiſtrat ſe ſert de ſa pénétration : il écoute les deux Parties. *Derues* affirme qu'il a donné cent mille francs, preſque tout en or, pour le paiement de la Terre de *Buiſſon-*

ſoef.

ſoef. Il ſoutient même qu'il les a empruntés, & il nomme la perſonne qui lui a fait le prêt. Cette perſonne ſe montre à l'inſtant, grâces à la ſagacité du Magiſtrat, & le fourbe convaincu d'impoſture, eſt auſſi-tôt conduit en priſon: M. le Commiſſaire *Mutel* l'interroge, il entrevoit toutes les horreurs du crime: Cependant nulle preuve encore ne s'élevoit; mais le Magiſtrat veille, & ſes intelligentes perquiſitions s'étendent juſques à Dijon: on amene deux perſonnes ſoupçonnées d'être les complices de *Derues* : elles ne ſe trouvent point coupables : on en tire pourtant des aveux qui commencent à porter quelques clartés dans cette nuit ſi profonde.

La punition ſe faiſoit déja ſentir au coupable : il étoit au For-l'Evêque, au *ſecret*; il eſpéroit en vain échapper à l'œil pénétrant de la Juſtice, & à cette Puiſſance ſupérieure qui, tôt ou tard, ſe manifeſte & frappe. Il croyoit toucher au moment de recouvrer ſa liberté. Sa femme l'avoit ſuivi dans la priſon, où elle étoit séparée de son mari. Les gémissemens & les cris de M. *de la Motte* sur sa femme & son fils qu'il ne retrouvoit point, alloient peut-être céder aux apparences qui déchargeoient *Derues* de toute accusation. On avoit murmuré sourdement dans le public que *le cadavre de Madame de la Motte avoit été tiré tout mutilé d'une des caves de Derues*; mais la rumeur s'appaisoit, & le plus grand des scélérats se flattoit d'avoir bientôt à s'applaudir de l'impunité.

C'est ici qu'on est accablé d'une Justice divine : elle permet cette Justice inévitable, ou plutôt elle veut que la femme qui avoit loué la cave à *Derues* entende ce bruit vague *du corps de Madame* de la Motte *coupé par morceaux, & trouvé dans la cave d'un Epicier.* Ce mot de cave frappe l'oreille de cette femme : (g) elle parle à une de ses amies

(g) L'évenement qui a concouru à répandre de la clarté sur cette affaire, est exposé par queld'un inconnu, se disant Marchand de vin, qui, depuis plus de deux mois, est venu louer sa cave; elle ne cache pas qu'elle est frappée de n'avoir point vû reparaître cet homme; elle entre même dans les détails de ce qu'il a apporté. Ces propos, par une autre sorte de miracle, parviennent à un ami de M. *de la Motte*, qui ne néglige aucune circonstance, & va tout redire à ce dernier. Comme frappé

ques personnes, d'une autre façon. Un Militaire estimé d'un des Magistrats qui veillent au maintien des Loix, avoit été conduit par le hasard dans un Hôtel garni, où il donnoit à dîner à plusieurs de ses amis. Il entend une femme qui adressoit à son Hôtesse quelques mots à propos de la malheureuse aventure de M. *de la Motte.* Cette femme parloit aussi d'une cave qu'elle avoit louée à un homme qu'elle n'avoit plus revu. L'Officier prudent, recueille les moindres circonstances, vole auprès du Magistrat qu'il connaissoit, & lui rend un compte exact de ce qu'il a entendu. Celui-ci croit sagement qu'il n'y a rien à négliger dans une affaire semblable; il employe tous ses soins pour accélérer la découverte qui a confondu ce scélérat, & éclairé tous ses crimes.

d'un trait de lumiere, M. *de la Motte* vole auprès du Magiſtrat. Deſcente de M. le Commiſſaire *Mutel* dans cette cave. On ne voit d'abord qu'un tonneau vuide, & quelques bouteilles de vin. On ſe retiroit, après d'inutiles perquiſitions : les yeux vigilans du Commiſſaire ſe portent ſur une eſpece de petit caveau, ſitué au bas de l'eſcalier. On y fait auſſitôt une exacte recherche ; rien ne ſe montre : cependant la terre paroiſſoit avoir été fraîchement remuée ; on enfonce un bâton ; paſſé quatre pieds, on trouve de la réſiſtance ; on s'empreſſe de creuſer ; on fouille : enfin on apperçoit un cadavre en chemiſe, avec un bonnet de femme, & le viſage tourné contre terre. Ce corps eſt relevé : quel ſpectacle pour l'infortuné M. *de la Motte* ! Il pouſſe un cri de terreur ; il a reconnu ſon épouſe. Les Chirurgiens du Châtelêt ſont mandés ; tous s'accordent pour aſſurer que la Dame *de la Motte* a été empoiſonnée. *Derues* eſt confronté avec ces malheureux reſtes. Il s'obſtine d'abord à soutenir qu'il ne reconnaît point sa victime : (*h*) enfin il est forcé de

(*h*) Il ne faut pas omettre une circonstance singuliere, qui prouve bien que le crime n'a pas toujours cette tranquillité apparente, qui est le comble de l'audace. Dans le temps, à-peu-près, que la Dame *de la Motte* disparut, arrive à la maison où *Derues* occupoit un appartement, une Demoiselle qui étoit de son pays, (de Chartres) & dont il faisoit les affaires. Elle lui avoit remis quelques contrats entre les mains. Ses amis lui insinuent des doutes sur la probité de *Derues*. Elle est enfin déterminée à lui retirer ses papiers; elle lui en écrit même. *Derues* répond par une lettre, qu'il lui rendra ce dépôt tel jour. La Demoiselle se présente au jour marqué. On observera que *Derues* avoit recommandé expressément au Portier de la maison de ne laisser entrer personne, prétextant qu'il avoit des ballots à faire, & des arrangemens relatifs au commerce à terminer. Le Portier refusoit donc constamment l'entrée à la Demoiselle. Tant d'instances sont employées, qu'elle monte à l'appartement de *Derues*, heurte à sa porte, redouble : elle entend une voix faible, qui prononce à peine : *Que voulez-vous ?* Est-ce que vous ne me reconnaissez pas, M. *Derues*, ré-

céder à la vérité, & d'avouer qu'il voit le cadavre de Madame *de la Motte.* Le

---

plique vivement la Demoiselle ? — Ma servante a emporté la clef, & m'a enfermé à double tour. La Demoiselle persiste, & veut absolument avoir ses contrats. Enfin on lui ouvre. Dans quel état elle trouve *Derues* ! dans un égarement affreux, attaqué d'une agitation extraordinaire dans tous ses membres. — Eh ! qu'avez-vous donc ? qu'avez-vous donc ? — Une fievre ardente me dévore ; j'éprouve un désordre dans tous mes sens ; ... je n'en puis plus ; & toujours ce trouble augmentoit. La Demoiselle apperçoit un dérangement total dans l'appartement ; plus elle a les yeux attachés sur *Derues*, plus elle en est épouvantée : elle se saisit de ses contrats, qu'elle apperçoit dans une commode. *Derues* court à sa porte, la ferme aux verroux, & engage cette Demoiselle à dîner. Toujours plus effrayée, elle refuse ; elle dit avoir même tremblé pour sa vie. Ses regards se portent sur un petit escalier dérobé ; elle y vole, & se sauve de ce misérable, qui, peut-être, vouloit joindre cette nouvelle victime à celle que, selon les apparences, il venoit d'immoler. Il y a tout lieu de croire que cet égarement, cette fievre dévorante étoient les effets de son crime. Il falloit que la Demoiselle fût arrivée chez *Derues* au moment qu'il cherchoit à se débarrasser du cadavre.

mari court à ce scélérat, en s'écriant : *rends-moi ma femme & mon enfant.* Le monstre ne lui répond que par des ironies insultantes. Il est encore obligé de convenir de la mort du fils, qu'il dit avoir succombé à une indigestion, suite de la maladie vénérienne qu'il avoit inutilement combattue par des remedes mal administrés. La Justice fait transporter le criminel à Versailles ; on exhume à ses yeux plusieurs corps. Le Tonnelier & d'autres témoins reconnaissent l'enfant à une chemise qu'on avoit prêtée pour l'ensevelir ; même attestation des Médecins & des Chirurgiens, qui confirme que le poison a terminé aussi les jours du jeune *de la-Motte.*

Derues rendu à sa prison, prend le parti de dire *qu'il faut que la tête lui ait tourné pour avoir voulu dérober à la connaissance du Public, la mort de Madame* de la-Motte, *& sa sépulture ;* (ce sont ses propres paroles qu'on rapporte ici) *c'est la seule faute qu'il avoit commise, & qu'on étoit en droit* *de lui reprocher; d'ailleurs il étoit un parfait honnête homme; il se résignoit aux rigueurs de la Providence; il pleuroit toujours le jeune* de la Motte, *qu'il avoit aimé comme son propre fils, & qui l'appelloit* son petit-Papa. *Hélas! il revoyoit toutes les nuits le pauvre jeune homme: mais ce qui du moins adoucissoit sa douleur, cet enfant étoit mort avec tous les secours de la Religion.*

Ce monstre étoit âgé de trente-deux à trente-trois ans; il dormoit peu; il avoit toujours sous ses mains l'Imitation de Jésus-Christ, & d'autres livres de piété; quelquefois il jouoit aux cartes avec les Gardes qui le veilloient: mais ce qui ne sauroit trop exciter l'étonnement & l'indignation, il montroit le front calme de l'innocence; nul nuage, nul emportement, modéré dans ses moindres expressions, exhalant sans cesse une ame qui paraissoit pure & irréprochable, se remettant à l'équité de la Providence & des Juges du succès de son affaire, disant toujours que les Magistrats réhabifiteroient son honneur, comme on avoit réhabilité celui de *Calas*! Tel s'est conduit *Derues*, sans jamais se démentir. Lorsqu'il alloit au Parlement, il regardoit le Peuple avec cette tranquillité qui annonce la vertu même.

Le procès instruit, est intervenue une Sentence du Châtelet, portant *la peine de l'Amende honorable devant la principale porte de l'Eglise de Notre-Dame, de la roue, & du feu.*

Cette Sentence a été confirmée par le Parlement, & le six de ce mois elle a eu son exécution.

Ce criminel, si l'on peut le dire, d'une trempe infernale, a toujours conservé son caractere de mensonge & d'hypocrisie. Ses réponses au Magistrat, lorsqu'il monta à l'Hôtel-de-ville, ont été pleines de sens & de vigueur. Il a continué de s'assimiler à *Calas*, victime de l'injustice. Son entrevue avec sa femme est le chef-d'œuvre de sa scélératesse; c'est là qu'il a déployé toute sa tranquille audace & l'excès inoui de son imposture, toujours se récriant sur son innocence. Cependant le Juge le confondoit, l'accabloit de preuves vraiment *péremptoires*. *Derues* ne se déconcertoit point. Pressé par la vérité, qui, en quelque sorte, l'investissoit de toutes parts, & ne lui laissoit aucune issue pour se sauver de l'évidence, il s'écrie : *allons, partons*. Il marche à l'échafaud avec cette sécurité dont auroit pu s'armer un Sage opprimé, ou un Chrétien rempli de résignation. Abandonné aux mains de l'Exécuteur, il l'a aidé à lui ôter ses habits; c'est lui-même qui s'est étendu sur la croix de Saint André; il a embrassé affectueusement son Confesseur, a baisé plusieurs fois le Crucifix, & s'est enfin livré à la mort qui l'attendoit, sans donner le moindre signe de crainte ni d'emportement. Si l'espece d'éclat attaché au crime, n'ôte rien de son énormité, & n'interdit point la comparaison, *Derues* est *Cromwel*, qui garde le masque jusqu'au dernier soupir.

On peut assurer que ce scélérat, unique

ſans doute en ſon eſpece, méritera d'attacher les yeux de la poſtérité; jamais criminel ne s'eſt montré plus inaltérable & plus impénétrable. Ce monſtre a voulu tromper les hommes juſqu'au bout; cependant il eſt convenu qu'il méritoit la mort : mais il a perſiſté à ſoutenir qu'il n'avoit empoiſonné ni Madame *de la Motte*, ni ſon fils. Il n'y a, peut-être, qu'un Ciel vengeur qui aura développé toute la profondeur de cette ame qu'on peut appeller un prodige à la fois d'atrocité & de ſcélérateſſe.

Lû & approuvé ce 5 Mai 1777. DE SAUVIGNY.

Vû l'Approbation, permis d'imprimer ce 6 Mai 1777. LE NOIR.

De l'Imprimerie de la Veuve THIBOUST, Imprimeur du ROI, Place de Cambray.

www.ingramcontent.com/pod-product-compliance
Lightning Source LLC
LaVergne TN
LVHW050504160826
845677LV00003B/930

9782329649412